以问作答

袁志坚 著

长江出版传媒

长江文艺出版社

目 录

2015 年

2016 年

2017 年

2015 年

2015 年的第一首诗

一株株果树苗
杨梅、白枇杷、桑葚、水蜜桃
被装上卡车
卖往四川、云南、贵州
她们要远嫁了
嫁妆，只有连根抱着的一小块土

临行前，她们的枝叶被剪去
那么远的路
要尽量留住最后的水分
哪一株能成活，没有人晓得
能结出怎样的果，也没有人晓得

这些光秃秃的女子
对着灰色的天空，在卡车里站着
抓不紧任何东西
只有绳索捆绑着她们
给一路颠簸以被迫的安定

她们等着春天到来
等着陌生的土地变软一点
在两种语言的艰难对话中

栖身，开枝，受孕，挂果
倔强，疼痛，爱，忍耐

在变迁中
她们要去
完成
一个母亲的使命

2015 年 1 月 3 日

选用头版照片

新年钟声未响，上海外滩丧钟已响
跨不过一级台阶，就跨不过一秒时间
踩踏生命的脚步匆促而凌乱
世界有时过于拥挤，有时过于空荡
报纸头版，隐去了血污、嚎啕、失散的鞋
心理上决口了，语词难补堤坝
选用任何一张照片
都太残忍

新年第二天，哈尔滨发生仓库大火
5 名消防战士，5 张登记照片
5 双灼灼目光，在头版凝视着我们
无论活着多么不易，都不如牺牲那么无辜
我用黑笔代替红笔签版
在他们的名字下面，将我的名字写得工整一点
虽然他们的名字很快将被遗忘
虽然报纸只有一天生命

去年失联的飞机，终于找到部分残骸和遗体
不知是悲是喜。有三个身体，一直手拉手
新年第三天，庞卡兰布翁附近海域
海水依然冰冷，客机机体还在海底

没有幸存者，头版仍旧不适宜用照片
那么，选用一张地图？
泗水—爪哇—新加坡
看看离我们有多近

新年第四天，月湖边第一枝腊梅开放了
比起往年，不早不晚
这几乎不是新闻，但我们需要日常的稳定
它的芳香，细小得用力才能闻到
它无意于安抚我们连受打击的心
就用这枝花点亮头版吧
让它减轻我们的罪责

2015 年 1 月 4 日

绳　索

两截绳索，像两个人
或者一个人生命中的两段
不应是截然对立
可连结起来，成为一截更长的绳索
可缠绕起来，成为一截更粗的绳索

一截绳索也可分作两股
或者两截
二者几无差异，互相均等，互相矛盾
在束缚中构成逻辑
彼此并非对方的标准

我们曾以绳索代替文字
代替尺
用来编床、挂镜、穿珠、打结
当作魔术或占卜的道具
当作鞭子或绞刑具
迷惑一个人，勒逼一个人，终结一个人

可曲可直的绳索
有时被喻为道路
一条道路的两头

有两支力量一直在拔河
那也可能是一个人的两个自我
那也可能是一个人的生和死

道路分出道路
道路也连着道路
没有尽头
那是悖论
那是绳索的命运

2015 年 1 月 8 日

赠　别

去年我生日，你送给我
一枚指南针。你看清了
我是一个冒险者。在彼岸
和家之间洇渡，在艰难
和安逸之间，搜寻
总在偏离真实的诗句

少年时，不解星空的永恒
却常为行舟的灯火远逝
而怅然。视线之外的
事物不能把握，犹如梦幻
视线之内的，亦不可及
在中年，开始领会距离

看见无处不在的计时器
形同路牌、墓碑、避雷针
血液提示情感的无声流动
大海复述信仰的不断起伏
和时代无关！以自然力
成为难以超越的景观

生活和语言似乎互相误导

你在长久等待，为了
捕捉一缕光线，放大新的
细节，或创造新的表象
如果失去对未知的思念
怎能眺望隐约的地平线

不能与你同行，离别让我
辨识生活与语言的悬殊
好比我们是初次遇见
又不得不各自出发
经历又一轮孤独的循环
彼此都没有抵达对方

因为从不以对方为终结者
只是时而以对方为镜子
成为特殊的观测者
看见自我不知不觉改变
在爱与被爱中，在弯曲与
直接中，在痒和痛中

显然，最终不能完全依赖
只能共同衰老，共同印证
指南针异于曲别针之处
在于定向不变，界限断然
不为紧张的联系而别扭
服从宇宙磁场和自由理性

你的视线将扩大到更多
陌生的生命，发现自我的
不完整，发现道路多岐
穿过空蒙，你把一切偶然
等同必然，毫不躲避
内心成为一个旋转的星球

我想，你可以理解悠游
把云涛和海浪视为
过去和未来。过去和未来
一样漫长。对未来的期待
并不是对过去的否定
也不是希望过去重现

任何声音中都可听到召唤
风声，雨声，光的无声
召唤我们贯通时间的两极
让过去产生新鲜的意义
让未来感应天真的梦想
再空旷的路都有来有往

2015 年 1 月 19 日，为妻子赴法访学而作

雪后四明山

檫树单独站在进山的入口
抢先开出复数的花
鸟穿过竹林，代替我走出谬误
在山腰，连续盘旋之后
便看见雪线
上面再也没有人家

雾凇挂在一排排树上
雪早已落定
雪在哪里，风就到过哪里
雪画出了远山的山脊
风梳理了形状和声音

一片开阔和空旷中
上苍的光芒照着自然
断崖的赭石上覆着绿苔
绿苔上覆着冰
冰层下，水滴如虫蠕动
没有秘密
不需要用树枝
在雪地上写字

2015 年 2 月 1 日

在四明山一处峰顶想起维特根斯坦

我只能一句一句地阅读维特根斯坦
阅读他所有的著作
也得不到他思想的全貌
他的每句话都令我沉思
令我进入一个陌生的所在
譬如在四明山一处峰顶
我看到四明山不止一处峰顶
峰顶之外还有看不见的峰顶
此处，此时，我感到清寒
思想是不能温暖一个人的
反而令人孤绝
一处峰顶与其余峰顶之间
可能是对峙的，可能是连绵的
维特根斯坦的哲学不只独树一帜
至少矗立了两处高峰
他否定了自己，也延续了自己
他进入语言的游戏
在任何一处峰顶
我不可能看到四明山的全貌
只能注视具体的草木、流水、岩石
以及飘忽的云、奇幻的雾
觉得它们像什么又不像什么

2015 年 2 月 3 日

在四明山一处峰顶观松

从阴面转到阳面

所见皆松

各有姿态

不自我屏蔽

兀自伸展于这无人问津的绝境

不需要存在的理由

不需要名字

每一株互相认识

彼此不争短长，不比高下

一种毫无痛苦的生命力

创造了绝对自由的空气

每一株

不为人知地生长

2015 年 2 月 3 日

奇　迹

登上峰巅，深深的积雪
没有遭到破坏
我们自以为是早行人
自以为超越了世俗的想象力
突然
单独一处足迹
很浅
像是偶蹄类动物留下的
跳入眼帘
或许宣布了这里是它的领地
它有多大的力量啊
只是轻轻沾地
便不知箭飞何处
同样
我们也不知它的来历
它带给我们从无到有的紧张
我们总是晚了一步

2015 年 2 月 3 日

辨识历史虚无主义

我把一张百年前的城市地图
签发在报纸副刊上
难以辨识出它和本城的关系了
连地名也没几个留到今天
我不知道读者是否会感到失落
我知道很多地方想成为都城
很多人有扩张疆域的野心
越是在小的地方
越容易放大征服感
我不知道他们为什么
容忍甚至支持
那些改造自己的庞然大物
像既得利益者一样
义正辞严地
批判怀旧者

2015 年 2 月 4 日

与陌生人接吻

与陌生人接吻：一个互联网传播项目
（是娱乐的，又何尝不是严肃的）
作为一种视角
参与者可验证对本人的刻板印象
是接受邀约，避免陌生人失望
还是落荒而逃，避免陌生人失望？
它不是一次表演
它不容易
它针对自我与陌生人之间的距离
以及与本性之间的距离

它并不期许以责任，但也不能
以受伤而结束
接吻不一定是美好的，虽然
它仍然可能讨好对方
一个匆促的吻
不一定发展一段意味深长的关系

但也不像用语词交换语词那样难
只需要闭上眼睛，它并不隐秘
它用柔软交换柔软，而不是
被强硬侵入，或者被强硬拒绝

或者从猜硬币游戏开始
或者从沉默不语开始
莫名其妙地结束，梦游般结束

有人立即背过身去
也有人再次轻拥对方
有人摸摸自己的嘴唇
也有人羞涩地低下头
似乎只是一次偶然，依然存在界限
它是选择，而不是凑合
用化解尴尬的方式，保持了自尊的原则
无论如何，它值得回味

有人称赞对方的技术
也有人欣赏对方的笨拙
有人意犹未尽
也有人浅尝辄止
没有人觉得它是受辱
它让心跳紧张，击打着
对方的鼓点
——旋转的世界在伴舞
平常时，世界似乎过于沉寂

2015 年 2 月 9 日

我们所理解的极限

我们所理解的极限
是紧紧抓住时间的指针
紧紧系住安全带
在高速和失重状态下
在心脏停跳的间隙
确认自己是否脱离秩序
我们所理解的极限
是无法操控的静止
而不是超越，而不是逆回
而不是对抗偶然的永恒
摩天轮将每个人变为
在机械生活中寻求刺激的
游戏者、胆小鬼
飞翔不再是梦想
梦想已颠倒
有人因恐惧而尖叫
有人为制造恐惧而尖叫
有人随着尖叫而尖叫
一群人尖叫
并未释放出内心的囚徒
其中某人，完全沉默
其实更加恐惧

2015 年 2 月 22 日

木头说

是你用刀逼着我
成为神圣的菩萨
让我神秘地微笑
微笑里没有内容

也是你来修补我
我已被空虚蛀空
你差点舍弃了我
虽然我未腐朽透

你也拜别的菩萨
你也罪人或罪己
菩萨有菩萨的难
慰藉莫不是受骗

如果你是艺术家
你还雕刻菩萨吗
如果你是政治家
你会假扮菩萨吗

我相信你将答应
把我还原成木头

你的刀和你的手
为什么躲闪着我

2015 年 3 月 2 日

霰

结晶的雪花刚飘落
轻微融化了

本来就是被忽略的
来历不分明

记忆中的皑皑白雪
易污如语言

迷蒙中的点点灰霰
倏忽如薄命

2015 年 3 月 5 日

墓园之春

这里的光线也是每一秒都在变幻
这里的花也是五颜六色
每一年如期重生
这里很多的话从来不曾说出来
每一个词都有隐秘的尊严
这里的春天无人剥夺
浅显的叶脉和缓慢的树根之间
循环着微苦的汁液
这里不需要制造快乐
也不需要挽留悲伤
布谷鸟有时安静地停息
有时低飞着叫唤
这里也有一个完整的世界
略高于想象

2015 年 3 月 10 日

樱花大道

1

拿着自拍神器徜徉于樱花大道
一个女孩对一个男孩说"他呀
总是看到我的缺点，性子又慢
如内科医生。可是我愿意爱他
除了书本，他不会移情别恋。"
细雨零落，早樱才刚刚探出头
哀愁泄露了秘密。游客在嘀咕
闲情逸致被败坏，因为镜头里
全是花看人，耳边全是叫卖声
这可不是什么学派之间的论争
而是同样的围观心态。吐不出
什么芬芳，也生不出热爱之心

2

樱花不生产快感，不表达快感
兀自地开，兀自地落。花开时
没想着落，花落时忘了曾开过

看花的中年人暗笑自己的愚蠢
以为花开是自我启蒙，花落是
完美殉道。其实生死本是一体
如雨纷飞时，毋宁说向死而生
不如说生于未死，个体的自由
与群体的默契照亮集权的时间
在拥挤的人群中，如果感到了
他者的妨碍，则依旧是媚俗者
美不可消费，而理解无需伤痛

3

何以说花开是生而花落是死呢
何以说何事已完成何事未完成
人不也是兀自地生兀自地死吗
那不可触摸的花气不是抽象的
那不可复制的悠游不是实在的
任何人任何花都可以是启蒙者
樱花开满枝，又没有真的开满
彼此争艳，又留出空灵的距离
摩肩接踵的人挤满了樱花大道
又不是真的挤满，这本来不是
他们的道路。他们之间的距离
不是生死之间，只是真假之间

4

赞美他人是高尚的，光有赞美
则无比危险。尤其当赞美变成
颂圣，那就是野蛮，就是谎言
赞美樱花是高尚的，光有赞美
更显得高尚。不把樱花人格化
不与个人史或国家记忆相联系
不伤逝，不惜别，不孤芳自怜
不让浪漫主义占据被动的心灵
一名老者静立在老斋舍的窗口
发如落英，指如断枝，寻根的
一代人。在场的局外人。什么
牺牲，什么救世主，皆为妄谈

5

他二十岁奉行造反有理，如今
以放弃为意气，以规避为风度
年轻人都忙于找镜子，找假面
忙于曲折自证，不陷入反观的
悖论。自拍神器如一根根棍棒
随时支配的道德工具。看花是
特别的谄媚，而审美永远体面
以无目的为目的。凋零是如此

无辜，无足轻重，几乎是无为
此时，考场的黑板上，残留着
加速度的计算题。无声计时器
像知识一样冷、语言一样公平

6

焦虑的根源在于过剩，比如说
钱财、权力、思想，乃至自由
焦虑的根源在于短缺，比如说
钱财、权力、思想，乃至自由
颓废的人说废话。废话即学问
学问即人情练达，消除事物的
本质与表象区别。其间有余地
夹缝中的灰色区域。樱花大道
并非一个隐喻，更不是代名词
一首诗最好流于空谈，花落了
也是空落。一年中最冷落之时
无花只有寒，再来樱花大道吧

2015 年 3 月 22 日—3 月 25 日

4 月 5 日

经过药行街天主堂
我听到复活节的钟声
八点整敲响，悠长，清脆
在欢庆的节奏里，城市
下着软弱而迷蒙的雨
唱诗的声音恍如隔世

在新街社区，我听到
超度亡灵的齐整诵经声
低沉，没有悲伤或恐怖
但愿在佛力加持下
生者安康，亡者往生善道
今日清明，亲人骨肉相连

去手机维修部的半路上
我听到这两种启示
之前，还担心与世界失联
以致罔闻到鸟鸣
在新绿的枝头一呼一应

香樟的枯叶差不多落尽了
时节在更替，神明在显灵

在泥土之下，根须下探
那里有死亡奇异的寂静
也有岁月沉潜的回声

2015 年 4 月 5 日，清明节与复活节在同一天。

小区里的树

我把家搬过来时
这些树也刚从别处移来
现在它们成了邻居
守望我的日常生活

相比于苦短的人生
这些树长得很快
又是一个春天，它们愈发蓬勃
即使落英满地，也有新绿满枝

它们是我依存的力量
不需要言语交流
我和它们亲密地站在一起
又保持着距离

2015 年 4 月 5 日

荣　耀

花鸟市场门外，一辆汽车
自燃了
像一个哑巴干哭着
在这个美好的春天

清明节没有落的雨
今天落下了
浇在它黑色的残骸上
它已洗净耻辱
它将获得平等的死的荣耀

我要把它当作一条警犬
埋在一个曾勘查过的犯罪现场
让它安息

2015 年 4 月 12 日

从平流层降落

——致"金黄的老虎"

在一个临时封闭的世界里
没有草木、水土、季节
没有对话，只有引擎的轰鸣
我们以为死神隐藏在
周围陌生而收敛的脸庞中间

当我们渴望被宽恕、被赦免
恐惧加大了重力
终于，飞机以复活节的名义
从平流层降落

灯火中的尘世：巨大的手机线路板
你熟悉其中的逻辑
告诉我降低噪声的物理学原理
以及信息控制的社会学隐喻

返回地面时
身边的人都迫不及待地
打开手机

类似死里逃生时

不约而同的

呼救

2015 年 4 月 15 日

开满紫藤花的长廊

开满紫藤花的长廊
孩子们在这里捉过迷藏
紫藤花的美没有香味
紫藤花的柔软更像是疲惫
斑驳的光影里
两个老人纠缠着
为儿女的姻缘牵线
仿佛年轻人失去了爱的能力

2015 年 4 月 17 日

暮 春

深夜下过微雨
树木在换新的叶子
重读《金瓶梅》的人等来天明
书里的人死了几回
虚构的事——应验
楼下扫落叶的声音和昨日一样
不厌其烦
扫了又扫

2015 年 4 月 22 日

在地坛悼念史铁生

在地坛，没有去想三山五岳
没有去想五湖四海
即刻想到史铁生

那个不分昼夜爱命运的人
那个昼如长夜不惧生与死的人
那个永赴黑夜看见光明的人

他惯于只身一人
即使在人山人海的白昼
他惯于苦难无边
早已把人间当作地狱，把地坛当作佛堂

他还在路上走着
他把道路当作天堂

2015 年 4 月 23 日

否 定

五头水牛

卧在溪滩上眯眼

这是温和的休息日

县江的源头

我担心向上攀登会迷路

弃杖而返

竹笋即将脱掉笋衣

蝌蚪即将成为青蛙

日光勾勒了林木的层次

雏鸟的羽毛接近保护色

溪滩边草亭的匾额

以前是"小隐亭"

如今换作"法治亭"

2015 年 4 月 26 日

应　约

灾难毁掉了太多精神性建筑
历史断裂，字纸失传
哭泣是通用语言，一个词可以独立成句
一个声音、一个眼神也可以

在废墟上，所有语言都是软弱的
除了判决书不容置疑
暂且纾解群怨
悼亡，是为了讨伐

我不以为一次非正常死亡
能引起正义的辩论：我警惕容易的事情
警惕共同受害后的互仇
我为个体的普遍失语而愧疚

引巨剚锥耳的徐文长不得自死
为诸子虐酒不能语的黄庭坚已到中年
明日过鸡鸣山，抵鸣鹤镇
听山声水色花落虫语，力争开怀一醉

2015 年 4 月 29 日

奉化江畔黄昏独步

从灵桥到澄浪桥
像奉化江中的清淤船
或者晚高峰时的爬虫汽车
我突突突地走着
偶然仰望
月亮在霓虹之上
飞机将一束冷光带到远方
我曾以为
在一首诗的结尾
能够释放自己
其实
这样不言不语地独行
走到完全黑暗
也未迈进
另外的世界半步

2015 年 4 月 30 日

认　真

东门口过街地道入口
一个与我年龄相仿的男子
对来来往往的人演讲
或者是对自己提问
没有人停下脚步
他被视作一个想不通的人
一个贫乏的人
一个过度忏悔的人
一个必须回避的人
只是我
安静地站在他面前
我回避不了他的提问
他的提问毫不错乱，更不疯癫
我用眼睛反问他
他从亢奋中回到了安静
也许他回到了过去的自己
也许他宽恕了我
也许他停止了向上帝呼求
这时他看上去是顺从的

2015 年 5 月 5 日

幻　觉

东门口公交车站贴了 5 页 A4 纸
一个人认为自己受迫害了
到处有人监视他
到处有人要给他注射精神药物
他生活在生化武器的气味中
他听到有人说他的案件快结束了
他用耳语与自己对话
他说的每一句话被认为是隐瞒罪行
他失去了在亲人中的位置
再也回不到正常生活
这 5 页纸表达混乱
用幻觉代替了逻辑
但他的病是真的
我们怕传染到自己身上

2015 年 5 月 5 日

干 净

少年时我曾远远地闻到

她身上的乳香

那时她刚刚生下一个娃娃

后来她成了孤单的一个人

散发着港口的铁锈味和海水的咸腥味

此刻她半裸着坐在弄堂口

背心上有许多破洞

露出许多暗斑

她的表情像挨过毒打

有一股血污味

但她仍然是一个母亲

她抱着一只小狗

小狗的毛发和她的头发一样

邋遢而肮脏

小狗软软地躺在她的怀里

小狗的眼睛干净得吓人

2015 年 5 月 5 日

写　诗

写诗不是为了站到道德制高点
而是为了用眼睛记忆
高处的自由并不妨碍低处的自由
钟楼并不妨碍广场
吊车长长的摇臂
把火点到了十字架上
废墟埋下了声音，也会埋下种子

写诗不是为了写遗言
而是为了反乌托邦
一个高度机械化的时代
一再拨回指针，暂时排除故障
死亡或许是别人的事情
但杀人绝非与己无关
但自杀绝非置身度外

写诗不是以上帝的口吻说话
而是惜字如金地祈祷
我的笔磨出锋刃
它不是逼向活鬼的银色兵器

而是一把乌黑的锹
为那些无家可归的魂灵
挖掘一座墓园

2015 年 5 月 7 日

炎 凉

朝阳初升，华严街的石凳上
放着三只透明的玻璃瓶
里面装着清水
之前是辣酱、腐乳或蜂蜜

它们是三种人称
拒绝口口相传
它们是早早醒来的晚年生活
是超期的伴侣、独饮的寡淡

华严街安静如老人的体温
今日立夏，墙门里挂起大木秤
过一会儿，秤钩轮流称儿童
三只玻璃瓶就要等来溽暑

过一会儿，一只玻璃瓶空了
一只还没打开，一只不知所终
或许三只玻璃瓶都不存在
除了我，谁关心它们的异同

2015 年 5 月 7 日

下夜班后

两个小时后开印刷机。终于捱到
截稿时间。已确定没有撤稿通知
没发现错别字和禁忌词，完事了
真害怕过分洁净的东西。在体内
几个死者连日说话，那些不可能
成为文字的声音，寻找别的喉咙
报纸被称为冷媒介。我打开电视
调高音量，非洲大草原正在换季
见证更多的死亡，或有利于理解
残杀的意义：生态如此获得平衡
内心应如何平衡？我只好陷入了
动物的宿命论。我可以忍受一只
雌狮死于一群丑陋的鬣狗，甚至
一群幼狮失去母亲，但是绝不能
忍受鬣狗肮脏的饕餮。关掉电视
又感到了无耻的饥饿。我寻找酒
为睡眠寻找情人。但这并不是爱
只是欲求和占有。松弛的大肚腩
酡红的脸，我失去了狮子的力量
却与它一样自以为是，眼睛冷白
不吃鬣狗的尸体。听觉依然尖锐
我一再检查门窗，像患了强迫症

一个自缚的人不能解救任何弱者
也没有勇气逃脱，装死一般躺着
却未曾窥测时机。想些狐仙鬼怪
混合着错乱的身份和衰败的气息
一团漆黑中，却看见了烟消云散

2015 年 5 月 10 日

夕发朝未至

我是一具不能自控的肉体
僵而未死，鼾如雷不自闻

梦境中，我并不苦于色盲
沉沉的夜已收走全部绚烂

被怒叱后醒来，置身幽暗
一件行李，一条虚胖鲣鱼

单调的车轮反复撞向铁轨
力量大过挣脱锁链的重犯

小于隆冬自我解冻的羞耻
睡眠是孤寂的，相比醒来

更加孤寂。它不能被打扰
它要脱掉语言的全部外衣

2015 年 5 月 17 日

亲　密

我用手机打游戏，不仅
为了获胜，且寻求公平
游戏不指向无解的绝望
失败无数次都还有机会
最终我成为那个通关者
游戏结束。消解了意义
不得不放下发烫的手机
回到了自己冰凉的肉体
漫漫长夜，谁和我亲密
对伊对我都是公平的呢
这才叫游戏，费厄泼赖

2015 年 5 月 20 日

大地之诗

有钱的男人和女人
在橄榄油的故乡，在葡萄酒的故乡
露出雪白的牙齿、古铜的皮肤
他们是大地的宠儿
看起来没有罪感，只有幸福

他们被悬在半空
金光百货外墙巨大的电子屏上
入夜时发出刺眼的强光
我在楼下的水泥路上埋头走着
像一个逃犯，躲着闪烁的诱惑

我在城市的外壳上
我渴望男人和女人的拥抱
像大地拥抱着死者
像归来拥抱着离别

2015 年 5 月 24 日

同乡会酒局

我右首的前警察同事退休了
一直死死地握着我的手
"你脱了那身衣服是对的，昨天
你在抓别人，今天也许别人来抓你
我到 60 岁了才脱下，跟你一样
受够了。做个闲人真好
我不想当别人的看守，也不想
当自己的看守。喝酒！喝酒！"

前警察同事的右首，人称大师
大师不喝酒，少言语，无胡须
我忍不住问他："为什么你做佛事
也算易卦，开的又是儒学启蒙班？"
他说人各有需求，但不止一个需求
儒释道各有需求，本质上是一个需求
我理解不了神秘的事物，我坚信
他的需求并不神秘，也不加掩饰

任何人都可能内心向善，求个解脱
但免不了恶言恶行，有时推脱不了
别人劝的一杯酒。大师右首是一名
半老徐娘，下岗后开起了地下钱庄

下岗前做思想工作。公司注册在
某个遥远的群岛。喝过的酒是一个海
她危言耸听：楼市泡沫后面
是股市泡沫、金融泡沫，最后是战争

徐娘的右首是名精瘦的八零后
他生产机器人，目标是机器换人
机器人在安全生产方面优势明显
不需要投人身保险。他喝酒也实行
量化管理，贯彻严格的个人标准
在我的通讯录上，他叫罗伯特
他很快将在座的人际关系编入
程序，让新的规则稳定地运行

罗伯特右首，不起眼的医药代表
她说欲望是最难打破的规则，也是
最不透明的规则。她在医院有门路
能缓解老乡的看病难。她的生意
不怕互联网冲击。她的隐忧
是儿子的未来：才小学四年级
已经多疑得近乎抑郁，冷眼看人
这算不上病吧，也许我们才有病

医药代表右首，我的对面
坐着中学校长。他说教育将死于
成人对孩子的迁就，"在座的
谁没有丧失对孩子的原则呢？"

我不知道谁完成了自我教育
我不知道谁真的有什么原则
但谁都不认输，以为掌握了道理
为引起兴致，有人分发微信红包

他是酒局的邀约者，在我的左首
半职业游客，职业打假人
请客是为了消灾，还能在热闹中
体会孤独。他说在孤独中也能
体会热闹。下次组织深山露营
听一听涧流，看一看群星
各带同伴去放浪形骸地做爱
这么浪漫的提议，却引起举座伤感

他的左首，满口虎牙的妖娆剩女
挨个儿和大家拼酒、讲黄段子
急于推销自己，又好像不抱希望
在轻浮中产生了更多啤酒泡沫
她鄙视逃避责任的怯弱，摆脱了
被迫害妄想症。她的职业几乎
让人恍如隔世：总机接线员
这个机密岗位，常常百无聊赖

她的左首是一名软件工程师
高富帅，暗地里领导一个黑客联盟
他是我的挚友，我俩都不相信
防火墙，但相信盗亦有道

以同情弱者、警惕强者为共识
以人肉搜索、举报告密为耻辱
互不询问历史，互不探测酒量
偶尔恶作剧，装作一脸无辜的样子

从中午到黄昏，我们都泡在酒里
十个成年人，十味闹药，越泡越深
用家乡话努力寻找共同语言
没有一个话题保持三分钟热情
酒局将散，有人提起同乡会发起人
去年他走了，离退休差不了几天
这时大家很尴尬：作为生者
疯狂的酒徒依旧是清醒的囚徒

2015 年 5 月 26 日

瓢虫之诗

搬几次家，换几座城市
算得了什么
蜕过几层皮，死过几回
才能长出绚丽的外壳
肮脏的角落
也可以是舞台的中心
慢条斯理地消化
一顿不论荤素的早餐吧
乐享上帝的馈赠
不窥测上帝的秘密

2015 年 5 月 27 日

机械翅膀

它的羽翼也许是一张网，它的骨骼
也许是一根桨。自由从未离开自我
天空从未离开巢穴，它看不到波浪
似乎它听到灰色的独白，那是半截
古城墙在现代的海市蜃楼间被展示
而自叹老而不死。它不是立法框架
也不是历史标本，飞不出二维世界
它真的有黑匣子吗？它仿佛不在场
无意于被解读，又怎么可能被证实

豆瓣诗友虚坻自日本寄来明信片，上有日本画家清水
由朗的作品《机械翅膀》。
2015 年 5 月 29 日

角　色

有人进入他者的生活
借以发现自我。一个寻找镜子的过程
或者进入角色的过程
但不得不这么分裂：自我、镜子、角色

譬如暗中伸手，譬如交换秘密
譬如给人催眠，譬如与人为敌
譬如把身体当作钻探机
譬如把囚犯和自己锁在一起

譬如用一笔钱代替良心
而钱的数目又做过预算
譬如用一句话许下诺言
而谎言付出更高的代价

譬如在同情，在悲伤，在疑惑
譬如在占有，在恐惧，在解构
在禁地，在异乡，在废墟，在乌托邦
在沉醉里，在醒来时，在寂月下，在风暴前

在不知所终的迷局
发现陌生的自我，发现一念之间

所暴露的缺口，发现一个难以逃脱的组织
发现病毒不可控制地变异

发现镜子远远不只一面
没有一面镜子照见完整的世界；而真实
应该是一个整体
任何一个自我都不完整

而他者是必要的
所有的他者
从整体上构成
一个上帝

2015 年 6 月 2 日

一个人老了

一个人老了，可以做一些别人不喜欢的事
承认一些自己不喜欢的事
一个人老了，可以不顾眼前的事，当然
也没有什么长远的事了

一个人老了，做一件事就够了
学习如何去死，死得与任何人没有关系
不必换车、换船，从一条道换到另一条道
诸多事都是别人的事

一个人活到多老才算老？
比卑弱者更卑弱，比沉默者更沉默
一个人老了，抓不住时间，抓不住亲人
抓不住任何问题

从老花镜里
看到新世界
去年的花，今年又开了
这是坚持和赞美，这是事不关己的感激

一个人老了，连手也缩短了
不必伸手求助，也不必伸手助人

一个老人的手可以不灵敏，但可以很干净

一个人老了，自己的后事也不是事

2015 年 6 月 12 日

我想有一所房子

我想有一所房子
不只有一道门进出
我不是一个独断的人
我需要一点余地
最好能听到雨从屋檐流下
雨，从天上到地上
应该缓冲一下
把一次到达变成两次否定
即使天气不好
我也时常从房子里走出来
开放自己潮湿的心
像一个真正的忏悔者
这所房子不挽留任何人
它的结构稳定如逻辑
它的外表虚幻如观念
它像我一样
脱离现实，实现存在

2015 年 6 月 13 日

归　来

好多年以前他就失踪了
断了音讯
突然他就回来了，身上的气味冰冷
像一个陌生人
出现在这个家庭
大家曾经接受了他"不在了"的事实
现在给他买来新衣服
他已经生活在日常的真实里
只字不提去过哪儿，受过什么罪
大家也不问
最好他都忘记了
记住反而是虚妄的
一条狗夹着尾巴回来养伤
也不可能再走远了
何况一个半老的人
测量过生死的距离

2015 年 6 月 18 日

锁

我们走到一个被废弃的山村
山洪在脚下轰鸣
村子寂静如同墓园
每一所房子大门都上了一把锁
我们拍摄下每一把锁
把它们绝望的影像
合成到一张相纸上
一张张紧闭的嘴巴
从未讲述过苦难和悲哀
此刻它们却一齐发出了祈祷声
这些锈迹斑斑的锁
虔诚地守着最后的禁地

2015 年 6 月 23 日

接　手

住在他的房子里
身边睡着他的妻子
早上送他的儿子上学
你爱了他的妻子
还得爱上他的儿子
房子保留着他习惯的样子
他在墙上经常看着你
你对一个死者没有仇恨
你还得艰难地分享
他的一部分生活
否则他的妻子很难是你的妻子
他的儿子很难是你的儿子
否则你跟自己也过不去
你不是代替他活着
没有人能抓住别人
也没有人能摆脱别人
你忍受这一切
你不是占有这一切
你只是接手了他的爱和艰难

2015 年 6 月 25 日

忏 悔

一本圣经

几身换洗衣服

一把钥匙

一本童年时的家庭相册

一只手表

一只水杯

她所留下的全部私人物品如上

她服了一生的苦役

和别人几乎没有关系

她把自己洗得干干净净

仿佛没有活过一样

她连忏悔时都曾是那么安静

我们低下头

不发出任何愚蠢的哭泣声

2015 年 6 月 30 日

虚与实

我想进入一棵树
和这棵树一体
这几乎是无望的

我的影子
进入了树的影子
完全融合了

死亡也是这样地
进入生命
死亡和生命一体

最终我是欣喜的
形式的转换
完成了意义的转换

2015 年 7 月 2 日

多与少

我背负着多余的东西
我说了多余的话
时间在减少
词在减少
在你的身上
我寻找转瞬即逝的自由
属于我的黑暗
将完整地返回我的眼睛

2015 年 7 月 8 日

冷与暖

以为在一个地方呆久了
会生出温暖
会放松身体
离开时才发现
此处冷酷而不可靠
一枚钉子
脱落了
空洞
得由更粗的钉子填补

2015 年 7 月 9 日

赞　美

在蛙鸣中入睡
在鸟鸣中醒来
早市上讨价还价的声音
街道上引擎和刹车的声音
两个人争吵的声音
一个人哭泣的声音
都是如此真实
问候清理废墟的人们
问候修缮房子的人们
把吹倒的树救活
把掉落的果子捡起来
日子将回到平常
能听见万物的呼吸
能看见虚幻的白云
诗歌继续打开天堂的大门
不必恐惧
忘记肆虐的台风
忘记台风前那诡异的寂静

2015 年 7 月 12 日

相 安

火车刚驶出巴黎市中心
沿着清晨的塞纳河
我看到一大片不受惊扰的墓地
不知道里面是否有梦
火车熟悉这瞬间里的永恒
很快到达下一站
一个吹萨克斯曲《回家》的乞讨者
从旅客中间默默走过
他并不主动伸手
他很快就不见了
缓慢的余韵散入窗外的薄雾

礼拜日清晨的缅怀

经过空寂的修道院广场
光线晦暗，建筑高冷
圣女贞德曾被押到这里公审
成千上万的人在这里围观

集市上蔬果新鲜，生气绽放
也是一个清晨，这里暂停了交易
坚信自己无罪的贞德处身烈火
成千上万的人在此围观

大教堂的钟声响彻鲁昂
许多人开始向上帝祈祷
他们中谁还记得
在生命的尽头——

贞德不得不求助魔鬼来施救
火焰中，她对人性彻底绝望
她看到鲁昂大教堂的形状
是火焰的形状

在尼斯的一面之交

一个台湾来的老人
成为一日游伴。他说
在晚年发现了时间的无情
也发现了距离的可靠

他建议到山顶去看海
和沙滩上看不一样
沙滩上任何一具身体
远远看去都是一朵浪花

他在尼斯逗留了很多天
一个人漫无目的地晃
不想晃了，就在酒店大堂
上脸书。他说自己孤僻

绝不和脸书上的朋友见面
他说一面之交是美好的
不见面更美好。越是熟悉
越难忍受一个人的丑陋

可是一个地方呢，越熟悉
越给你带来安全感

他说，在地狱里呆久了
你也以为那里是故乡

在堂·吉诃德雕像前

将理想比作他那支锈迹斑斑的矛
将现实比作他那面漏洞百出的盾
将勇气比作他那匹无能为力的瘦马
这些都不是想象
是合金铸就的刻板印象
他一点也不好笑
不信？你的眼睛和他的眼睛
对视不了一会儿
你会躲闪
他严肃如故

应许之地

走过莫奈的池塘米勒的麦田
雷诺阿的山地马蒂斯的海滨
图画般的风景至今没有改变
恒定的节奏，而非浮光幻影
时间的叙述总是浪漫而分明

大自然本就如此神秘、多彩
人和风景触摸着彼此的温度
而在应许之地，在无神年代
山河多残缺，地表皆被侵蚀
旧的伤口上，反复暴露新创

问　路

旅行非出世，是更深的入世
然而，逃离也不忘预设道路
在完全陌生的地方，最大的
错过，即为担心错过的焦虑

如果在意迥异的风景，必将
忽略所有自以为熟知的物象
在注意力的转移之间，脚步
总是慌乱的，失去了确定性

唉，有谁将自身设为目的地
在街头的迷误，其实是没有
脱离习以为常的环境，没有
获得天地初开的自由。否则

何必回头皆是陷阱，也何必
与过去断裂。如果发现一个
收费场所，不妨视作参照物
站在它的外部怀疑它的价值

2015 年 8 月 11 日—24 日，自法国和西班牙旅行归来
后陆续随记。

离 开

一个人走到了外面
屋子里的人谈起了他
他也许还在那些人中间
或者他不在外面
在外面的是另一个人
他不会作为一个看不见的人存在
要么他看见了自己
要么他以为别人看见了
他存在，或者不存在
没有第三种可能性
他的存在和不存在是对立的
只有自己知道
如何站到了自己的对立面

2015 年 8 月 28 日

反　观

一个人写的诗总会呈现出
他当下的样子
一个人所梦见的
也是他所失去的
一个人很多天不写诗
很多天失去了自我
很多天都没有做梦
没有新的信仰
没有新的泪水
他的绝望是更深了
他没有把自我消灭

2015 年 9 月 16 日

在一个诗人的墓前

我看见过死亡
没有经历过死亡
我看见过很多次死亡
每一次我都匆匆地
离开了死亡现场
对于别人的死亡
我一直隐藏着悲伤
我一直保持着沉默
但难以遗忘

在一个诗人的墓前
我无法想象他的死亡
风吹过空旷的墓园
在死者的世界里
它找不到归宿
我经历过这阵风
却没有看见它
我看见树在摇晃
每一个细枝末节
都重复着见证者
找不到语言的声音

2015 年 9 月 21 日

中秋夜在九龙湖

周遭几乎全是黑暗
走不出周遭的黑暗
依然需要仰望
月亮孤独的光辉

分开竹林
走到高处的空地
终于完整地看到月亮
月亮化动为静
难以察觉它的游弋

山下的湖面上
月亮的倒影
在轻风中愈加模糊
它不会被淹没
只是一再、一再借自己的光照镜子

2015 年 9 月 27 日

秋 鸟

在我的诗行里，悲凉一日胜于一日
天空也越来越高
在飘零的秋叶间
一群秋鸟发出离别的声音

不是哀鸣，不是怨艾
一群巡逻者发出最后的预警
我应该听懂它
可是我飞不走
一个异乡人还没有完成死亡

一束光穿过轮回的痛苦
那没有肉体的存在

飞鸟离去的天空
如同没有诗行的时日

2015 年 10 月 7 日

无声之歌

一切都那么简单。
上帝在陶罐中间。
光照着我们安静的脸。
"我们不在吃一顿饭，
而是领用一次圣餐。"

末句"我们不在吃一顿饭，而是领用一次圣餐。"引
自曼德尔斯塔姆的随笔《词与文化》。
2015 年 10 月 7 日

第戎初冬图

第戎入冬了，阳光很少
草地和羊群一样弯曲着
和母亲的乳房一样羸弱
仰望着白云虚浮的天空

落木
风车
篱门
十字架
孤直
冷硬
简劲

2015 年 10 月 12 日

忠 告

住手！
不要喂食海鸥
不要带走一颗鹅卵石
收起你的加惠之心、爱美之心
那其实是歹念、恶行
侵扰了保守的栖居者

不要自我辩护！
没有一颗尘埃属于你
海浪将冲刷更多的礁石
海鸥将繁殖更多的后代
大西洋多变的风
明天不会吹到你的脸上

人们将终老于此
看着航船远去天边
看着象山永不抬头
听见大海一声声回忆
听见灯塔一秒秒燃烧

法国诺曼底地区寂静小城埃特尔特，海滨有象山长鼻
吸水，海滩全部为鹅卵石，城中处处可见海鸥。
2015 年 10 月 13 日

桂花的香气

桂花的香气到处都是。香气
来自无数点丹蕊，包括雄蕊和雌蕊
包括枝头初绽的，地上零落的

好比灵魂，有时在身体里沉潜呼吸
有时逸出身体孤子游行
不附丽于身体，又有无数具身体

桂花的香气弥合了看不见的裂缝
好比灵魂，幽玄而微妙
来自开花时，来自不开花时

来自木本，来自地下
来自呈现的自我，来自隐匿的自我
给事物催眠、造梦

来自这首诗
闻一闻自己的身体吧，是不是
有一股欣喜味道

2015 年 10 月 18 日

峙山宋井

从未自我干涸，也从未自我充满
它对人世开了很小的一个口子
落叶偶有一片伴它沉淀自净
皎月偶有一刻向它投下幻影
它被遗忘了，失去了井绳
无所用心地幽深
山中禅寺的香火一再续新缘
远足修行的僧人还没有归期
俯身看它
害怕沉溺
又反问何以不能如它
冷暖自知

与余笑忠同游慈溪，偶遇宋代所凿深井，以此诗致笑
忠。
2015 年 10 月 24 日

落叶的自由

花开是自由，叶落也是自由
远行是自由，归家也是自由
在大地上，你有失败的自由
有腐朽的自由
有死的自由
摆脱外物的束缚
必然而不假思索
落叶大多绚烂如火
没有一丝悲凉的颜色
也有的绿如新生
表现出自然主义的谦卑
从空中落下了
依然高贵如尘

2015 年 10 月 27 日

临湖观山

远山淡淡一抹，若有若无
近山层层屏障，由深入浅
黄昏缓缓来临
光明抽身而去
再也分不了远山和近山
再也分不了水色和天色
黑暗中，距离似乎消失了
但这看不见的湖水还是难以逾越
但这看不见的群山还是难以逾越
"咕咚！"
看不见吐水的鱼儿
而它并非无影无踪
而它无意隐藏
在这浩渺的自由之中

2015 年 10 月 27 日

告　别

我没什么说了。
过去一直没说，现在不必说。
不再沉闷，而是沉默。沉默如墓穴。
鸟去了南方，鸟巢空了。
沉默如叶子落光了的树。
比起同你的争执，我同自己的辩难更加荒谬。
我和另一个我在同一具身体里。
另一个我出走之后返回，
拉上我再次出走。
我的身体如此空洞。
出走，不是冒险进攻，而是悄悄逃亡。

2015 年 11 月 9 日

灵桥和我

灵桥如同一架时光机器
快速或慢速的汽车通过它的流水线
都没有留下轨迹
除非其中一辆被我的视线捕捉
它就不再是隐匿者
它就从车流中脱离出来
它被打断了
我与它之间的距离不再是空无
我的双眼，左岸与右岸的监控探头
守住了灵桥的入口与出口

2015 年 11 月 10 日

我的乡愁在繁星中间

繁星满天
我的乡愁穿越星际秩序
任何一颗星
只让我看见它的一瞬
我的乡愁在繁星中间
一个旅行者
没有人阻止他的无边无际的孤独

2015 年 11 月 16 日

以问作答

冬天反常地下起滂沱的雨

雨声猛烈而含混

我的脚避开伤心的落叶

我的眼睛避不开恐怖的记忆

很多天了

我仍然陷于沉默——我一直在想

替受害者想

替幸存者想

替无辜者想

替无法置身事外的人想

为什么罪恶超过了极端

和仇恨无关，和报复无关，甚至和异端无关

我在怀疑、悲悼、祈祷的低声中想

在谴责、讨伐、清算的高声中想

在禁止、蒙昧、绝望的死寂中想

我在不可饶恕的饶恕中想

无法把罪恶归于世俗的权利

无法把魔鬼视为生灵

我在无名地想

无声地想

无穷无尽地想

想，可能是荒谬的

想，永远没有结果
想，不是信仰
但我一直在想
就像雨在下
从天上到地上
从地上到天上
一直在循环
以问作答

2015 年 11 月 18 日

河边枯草

轰隆隆的铁路桥下
河水流动的声音
从来是微弱的，是缓慢的
冬天河水更少了
少得考验一个人的耐心
一个人站在河边
在寒风中
他的膝盖和脖颈
像枯草一样随时要折断
他的头发
像枯草一样蒙着霜
他毫无理由地站在河边
想着无关的事物
像是在考验自己的耐心

2015 年 11 月 20 日

多重性

曙光幼儿园的楼梯转角处
分别有三面镜子
从一楼到二楼是平镜
从二楼到三楼是凸镜
从三楼到四楼是凹镜
孩子们喜欢看到变形的自己
孩子们喜欢在凸镜或凹镜前
扮一扮鬼脸
年轻阿姨都喜欢在平镜前
偷偷看一眼自己
然后在孩子们面前
一脸严肃
看到阿姨和孩子们
我将要苍老的心
立即充满了反讽的笑声
我的眼睛
有时是平镜
有时是凸镜或凹镜

2015 年 11 月 21 日

高铁过大别山

贫瘠的山坳。
裸露的山石。
冬天干涸的溪涧。
掉光了叶子的杨树。
树上的空巢。
被废弃的，孤零零的，土坯房。
控制制高点的移动通信塔。
这些寒冷的景象，一再在眼前重复。
高铁从一个黑洞穿入
另一个黑洞。

两床鲜红的棉被！
人间的秘密、柔情、伤心与妥协
晒在山坳的屋子外。
我干燥的目光变得湿润。
我想起了更多的生命——
那些曾埋伏于此的，
那些已遗骨他乡的，
那些还集体迷途的……
都需要在阳光的味道里
各各穿上梦的衣裳
静静地安睡。

2015 年 11 月 28 日

一只行李箱

一只行李箱在我面前直立着

它的拉手也直立着

马不停蹄的样子

很新的行李箱

却贴满了各地机场的行李标签

像贴满了创口贴

贴得很不规则

像新伤揲着旧伤

它的主人不怕暴露这些经历

或许倒是怕遗忘了这些经历

我在猜测它的主人

每次等待着它被行李传送带吐出来的样子

它极其容易辨认

不会离开主人太久

不会丢失

像一只听话的小狗

却不小心说出了

主人忍住不说的

自怜幽独

2015 年 12 月 5 日

另一只行李箱

我在家乡的火车站
见过一只被五花大绑的行李箱
它像一个逃犯
在半路上被抓住了
解开绳索
翻开箱底
它就会暴露那些流浪的行迹
那时候快过年了
这只行李箱和它的主人一起回家
它的主人真的是一副
受罪的样子

2015 年 12 月 5 日

未名湖畔遇见一只喜鹊

1

枯草疏篱白雪残
小园深径觅安闲
伶仃喜鹊迎人走
忽避镜头细杪弹

2

闭锁红楼足迹稀
松风无待晓雾低
埋头草芥非寻食
浊世清欢啄旧诗

2015 年 12 月 6 日上午，得陈均兄导引，北大一游。

谈谈天气

在大雨中孤独
在雾霾中孤独
在和风细雨中孤独
在冬日暖阳中孤独
不懂得孤独时
不关心天气
有人来一起谈谈天气
暂时也可以避免孤独
天气无常又无欺
每个活着的人
每个等待意外的人
都很了不起

2015 年 12 月 10 日

在机场

安检越来越严格，基于世界
越来越乱的真相或假设。
你需要忍受当众脱鞋和解下裤带。
你需要被怀疑，正如你需要
怀疑他人，同时怀疑世界。
除了身体不能够被剥夺，
任何物体都被等同于武器。

你和他人同处于这一孤悬之地。
不知道此次离开，
是出发还是返回；
不知道上帝是如何划分
地狱、人间和天堂的。
看不见任何一个
从地狱或从天堂归来的人。
地狱和天堂均被假设为永恒之地。
但总有人把人间混淆为
临时的地狱或天堂，而不是
一个通向死亡的过渡场所。

远方之远仍须设定在一个
封闭的安全范围内。

上帝的自由对应了有限的必然。
上帝乐于不停地发出指令：
起飞！着陆！返回！迫降！
让你常常梦想天堂，
却充满如赴地狱的恐惧。
你仅在游乐园的单轨列车上
短暂挑战过自己的安全感。

灵魂之于肉体的每一次离开，
人之于人的每一次联结，
几乎都以不信任告终。
在登机口，你抱怨航班
延误俨然是大概率事件，
又假定航空管制是小概率事件。
你把机场播放的信息视作谎言。
它是真实与谬误的双重语言，
它是一套成熟的防御机制。

你为困于机场而非困于人间
而焦虑。随身携带的行李
没有超重，它测量了你对物质
最低的依赖。你和机场一起飘浮
同地狱或天堂隔离开来。
你看不见天空，缺乏仰视的视角。
你等候一道窄门打开，
时间却仍不确定。

速度不是一种观念；
观念在速度之外。
死亡，是一种速度而非一种观念。
你超越不了死亡，
认为时间应该被赋予意义——
你竟然没想过改变行程。
你竟然没求助过上帝。
在机场，你接受了隔离专制，
似乎又患上了妄想迫害症。
你不期待被过分热情地迎接。
飞行器不是什么庇护所，
只是一时断了外面的音讯。
无常迅疾，一念都不停息。

2015 年 12 月 13 日

和女儿一起挑选红富士

我和女儿在欧尚挑选红富士
我告诉她别挑又光又亮的
有一些斑点的反而很甜
只要没有伤痕就可以
有虫眼的也会很甜
否则不会吸引虫子
女儿问挑剩下的苹果还有人买吗
我说我们面前也是别人挑剩下的
但是我们还有挑的机会
你什么时候见过
货架上只有一只苹果呢

2015 年 12 月 20 日

在岁末写一首诗

在岁末写一首诗
如同在雪天等一头鹿来
如同在晚年等一场爱来
如同在故乡建筑一所房子
如同临睡前紧一下手表发条

有的事情结束了
有的事情或许永远不能完成
有的人再也见不到了
有的人如同换了一个人
一首诗写不尽人事

一首诗又必须吞下所有秘密
一首诗又必须承担所有勇气
在岁末慢慢理解悲伤
抬起积雪消融的眼睛
一首诗在寻找真实的语言

那些不敢说出的细节与隐喻
在记忆之中愈发清晰
那些无法理解的诱惑与恐吓
在良知之外依然存在

一首诗是自我赠予的最后的礼物

在岁末写一首诗
如同在寂静中忘记孤独
如同在一瞬间听见乳名
那是呵出热气的歌唱
那是在夜空飘荡的回声

2015 年 12 月 25 日

新年叙事曲

一首诗的命运如一个人的命运
说来就来了。新年就这样来了
它立即成为一群人共同的遭遇
此刻，一群人坐在长条桌一侧

表情几乎一致。这让他们中的
每一个人，看起来都是陌生人
在疲惫的背后，客气的修辞术
像外交声明一样，冷藏着锋芒

不需列举事实，不需听到答案
一个人的勇气不足以激起恐惧
一群人的勇气不可能来自恐惧
辩难针对的是亏欠而不是谎言

集体沉默不是放弃也不是防御
此刻，一声不合时宜的电话铃
一声克制的干涩咳嗽，打破了
紧张的无聊和厌倦以对的荒谬

此刻，一个人的哭声犹如刀子
从划伤自己开始，划伤一群人
此刻，伤口犹如鲜花明亮绽开

请勿挑战情感，道德变得模糊

冗长无趣的讨还，灵魂在质证
而不是对话。长条桌的另一侧
始终只有否认，仿佛并不在场
仿佛一个无知者，在躲避责罚

一首诗何以把失去的东西追回
一群人耗不起无言以对的时间
此刻，年岁更替，解除了信托
无厘头的喜剧调换了主角配角

剧情反转并不让人捧腹，反而
让人黯然。这一场胜利将成为
禁忌：每一个人都遭受了玩弄
每一个人不得不加入集体表演

一首诗难以铭记耻辱，也难以
照拂人性。一群人将就此解散
各各回到可笑的自负或自卑中
这可笑只要无涉他人便也庸常

庸常并不可以被蔑视。有什么
可以被正视呢？一个人的命运
并不能落子反悔：它进退两难
长条桌对面，所有人都不见了

2016 年 1 月 7 日

一年中最寒冷的日子

一年中最寒冷的日子
地气在悄然上升
路边，阿拉伯婆婆纳开花了
山塘里，已有蝌蚪游动
棕脸鹟莺飞过树丛，留下一串电话铃声
流泉未见，浅吟先闻
天空蓝如幼婴之眸

幽深的竹林掩埋了太多坟茔
死者安息了，无须任何作为
真想彻底忘掉时间
遇到一个不爱说话的挖笋人
摸一摸刚挖出来的笋
有地底下的余温

阴历冬至日。冬至一阳生，是复卦之象。《道德经》
第十六章："夫物芸芸，各复归其根。归根曰静，静
曰复命，复命曰常。"《易经复卦》："复，其见天
地之心乎！"

在自己的阴影里

无人下棋
站在桥头
观他人破残局

无伴做爱
深夜看限制级电影
剪辑过的镜头

在冬阳下，看一具
身体隐避
在自己的阴影里

如同一个人
潜入另一个人的
话语里

2016 年 1 月 20 日

隐　蔽

一段朽木
横在溪涧之上
很久没有人走了
再走上去，危险不可预料
朽木上长满蘑菇
灰暗中的鲜艳诱惑
分泌着自恋的毒素
没有人敢于接受它们

继续朝山里行进
期待在幽闭空寂之地
能打开内心
一瞬

2016 年 1 月 25 日

克 制

他常年在病床上
用阅读、绘画、回忆和想象
来延长生命
不关心天气、时尚和旅行
也不关心交易、骗局和诉讼
家庭关系已经迁移到医院里
生活的圈子缩小到眼神之间
偶尔有人送来鲜花
闻到了药水以外的味道
他抚摸麻木的大腿
渴望活生生的花园和湿润的器官
很快，他为这片刻走神而歉疚
抬头一笑
笑容像盛夏广袤的沙漠里
无敌的阳光

2016 年 2 月 3 日

在湖州

这里是项羽起兵之地
这里是赵孟頫操笔之地
游历遍江南
戴表元至此不思归:
人生合住是湖州!
乌台诗案发
苏东坡哀别送行者:
身后能否葬湖州?

在吐丝一样吐出的诗句里
在织丝一样织成的河网里
来来往往的时间
不留痕迹

我在这里寻找古人
我在这里访问今人
烹紫笋,脍新鱼
吟风月,弄扁舟
诸般想象　只是在纸上
移动,渲染,留白
我不相信
在湖州住久了

一个人能够放下野心
能够不再为迁客

2016 年 2 月 11 日

在南浔

我不拍摄百间居
错落的骑楼、接连的飞檐
也拍摄不到
船头的少年、楼上的婵娟
我拍摄到了屋里的人家
墙壁上蒙尘的雨笠、新年的挂历
耶稣像、领袖像、先人像
桌子下安闲的猫、穿旧了的鞋
桌子上简陋的茶盏、孩童的书本
我还拍摄到
一把古琴和两块腊肉晒在一起
一只木壳座钟在陪伴
乃"湖嘉绍农业合作会议"纪念品
我不必计较这只座钟是否准时
也不敢否定另外的世界
我喜爱现世的气息
对往世的生活也不生分
我拍摄了南浔在水面浮动的倒影
这是它合乎想象的样子

2016 年 2 月 12 日

当美成为我们的渊源

当美成为我们的渊源
我们开始留心自己的来历
留心一见如故的河流
船行潘公桥下
苕霅两溪交汇，势渐平缓
船行潮音桥下
我们同时噤声，心存默契
我们留心看见和看不见的事物
留心来到我们中间的人
与悄然离开的人
留心每一次跨越或阻隔
留心河水的涨或落
船，时行时止
风光，枯索为美，丰茂亦为美
在时间内部
光线展示无穷的变化
在湖州漫无目的地行走
我敬畏一切偶然的、没有归属的美

此题为李浔所拟，他约定与我同题作诗一首。
2016 年 2 月 13 日

桃花三章

1

咬不动一只桃子
依然爱十里桃花
高血压涨红了脸
自难舍面若桃花
心头种不活桃树
除非身体化作土

2

不仅不愿意忘记
而且一遍遍重温
在虚假的美化后
创伤软弱而潮红
和命运一样可疑
和顺从一样无耻

3

灯下花瓶里思乡
恐惧中的温柔乡
桃花不是玫瑰花
没有那么多名字
只有野孩子一般
难以捕捉的力量

2016 年 2 月 16 日

讲故事的人

我天天讲故事
讲别人的故事
克制个人情感
克制个人语气
用乌托邦的名义讲故事
用执行者的思维讲故事

我讲的每个故事
都隐藏着假想敌
故事的主人公
努力不暴露自己
他们的记忆已越发可疑
他们用遗忘来放弃追问

我讲缺少细节的故事
令人不苟言笑的故事
我在紧张的故事里
制造了自我分裂
我的语气却没有
背叛、出卖时的紧张感

我根本不讲什么在变坏

什么灾难在来临
对诡异有所警示?
对道德有所怀疑?
我用平庸抵赖了邪恶
我用麻木忍受了疼痛

有悲剧元素的故事
才足以打动人
悲剧被规定了时态
我不能在历史里活着
却在故事里活着
我失去了热情和幽默

我呼吸着真实的气息
我在故事里也不能够
改变被赋予的身份
和故事的主人公们一样
我无法乞求认同
正如我无法闭嘴

2016 年 2 月 18 日

关于围墙

我并不清楚自己的心理障碍

那些防不胜防的悲哀

经常模糊我的视线

我在迷宫之中绕行

把一生都付诸如何获得自由

却一再做了相反的事情

还自以为理由充足

我逐渐意识到，扩充一个人的活动领域

也不可能推翻更多的围墙

每一堵围墙都有一扇小门通向沉默

在我的周围、我的头顶和脚下

遍布无形的围墙和小门

我的眼睛本身

也是一堵深藏小门的围墙

我不可能打通所有的断头路

每 一条道路总有新的尽头

我在每一扇小门后

都曾寻求过安全感

这样的梦境

终归是

害怕被那个无所依托的自我
唤醒

2016 年 2 月 27 日

酒瓶树之死

它是这座城市唯一的酒瓶树
来自遥远的热带
在那里，它安于寻常
在这里，它常被围观
人们把它看作额外的激情
就像餐桌上偶尔多了一杯酒
它却为不知所在而痛苦
好像是被死神挑中了
又好像浸沐在爱神的目光里
在尽力适应新生活
又无法贪恋这一时恩宠

它难以阻挡
风雪中到来的命运
一只空酒瓶失去了生命的汁液
人们终于发现自己是多么健忘
春天，满目红翠
哪里还记得严冬刚刚过去
严冬，自顾不暇
哪里曾牵挂一棵虚妄的酒瓶树

2016 年 3 月 3 日

白玉兰

昨夜的雨一直下到今晨
白玉兰掉了一地
没有掉下来的
颜色也似乎没那么纯洁了

纯洁：我内心的软暴力
为何苛求一朵柔弱的花呢
越有生命力
越有理由不纯洁

牺牲了的花
尚未开的花
受伤和未受伤的花
同样无邪
自由于生死之中

2016 年 3 月 13 日

在宁海县桑洲南岭村

香樟树和红豆杉
根部紧紧地抱着

青苔抚慰着石头
空窗抚慰着泥墙

坟墓紧挨着房屋
亲人们没有分开

光阴掏空了锁孔
老翁逗笑了婴童

2016 年 3 月 20 日

夜观摩天轮

摩天轮不是一条道路
卸下疯狂的心脏和夸张的舌头之后
它恢复了机器的冰冷本色

它反复印证一个无人遵从的真理
 "在高速旋转的轮盘上，
运气是靠不住的。"

所有失败都归于同一个方向
摩天轮的孤独，不是停下来的孤独
而是停不下来的孤独

黑暗回避了。在低音部
难以控制住最后的月光
宿命般地，以悲悼为最高的赞美

直至听力适应了无声世界
直至没有两种结局
摩天轮不是一个悬念

它只是一个躲迷藏的地方
它被发现，被残酷地解除了意义

它被打断，如临死之人企图总结一生

2016 年 3 月 26 日

不期而遇

——致太阿

在短途飞行的空中
我思考人生的定位
——它从来不是固定的
我的预期总是太短
时间终于收紧它的钓竿
在云海里
它将很多事物化为乌有
它收获无意义
但依然值得赞美
速度是多余的
情感是多余的
不管是作为迟到者
还是过来人
我们都无法回避对方
也无法超出自身
正如我们无法忘记一个共同年代

2016 年 3 月 26 日

清　明

一场盛大的雨之后

鸟儿啁啾求偶

不知人间禁忌

山溪突突奔流

如赴少年爱约

祭祖的人清理坟头的杂草

留下一丛无名的白花

山下的村庄里

已经无人认识他了

他有死者之心

忘记了过往

安享着春色

2016 年 4 月 5 日

春日迟迟

潮湿的路在草甸间若隐若现
透过栅栏缝隙的光
照亮了草尖颤动的雨水
光在移动，几乎不为人察觉
光的行程无比辽阔
微凉的天气也许会推迟花期
我多么希望
捕风，捉影
不用手，也不用眼睛

2016 年 4 月 10 日

逃 亡

你打开门，我不敢进去
你对我的虚伪和懦弱失望
我不是一个取乐者
也不是一个牺牲者
我拒绝囚禁于他人的经验里
外面的风雨清晰可闻
我也不把污秽带入庙宇
你的手，仍然是一条道路
但我没有听从指引
我不敢想象那久违的柔软和神秘
我的血肉在世界之外
它在入口和出口之间逃亡
背离真实，背离生命
我如此决然
你的哭泣加深了我的孤独
而孤独不再是一种诱惑

2016 年 4 月 20 日

计　算

楼上人家的灯一盏盏亮了

我不会去敲门

有多少美好，就有多少艰难

我数不清一棵树有多少叶子落下来

也数不清有多少叶子长出来

树的年轮珍藏着这些秘密

我关心每一枚树叶

正如我关心每一颗星星

我来不及计算

一颗星星何时诞生何时陨落

我相信无限

一个流浪者

从来不计算自己的步伐

从来不计算时间

2016 年 4 月 24 日

按摩对白

你的脊背僵硬得发冷。肩胛也是。
我的手一放上去
就听到了尖叫——

电脑卡壳。急刹车。信息超载。
有人破门而入。有人摔门而出。
共谋。系统错误。信用黑名单。

　　我不知道你在说什么。
　　我只是酸痛。你下手偏重。
　　但不要停。

我的手在颠簸中
抚触到你大脑里蠕动的沟、回
听，那儿发出的声音——

急吼吼走了一段弯路。还是故意绕道？
折返了。停顿了片刻。步子慢下来了。
仿佛在记忆里寻求庇护所。

　　我在快散架的躯壳上
　　一而再地重建一种秩序；我用道德

维持一个腐败的共同体；我总是顾不过来。

放弃也是爱，
感情不能替代现实。
放松一点，直到进入休眠——

上帝宽恕一切。
绳子绷断了，就什么也不必维系。
现在，我的手柔软得好像摸不到你。

我是一个幻念，
被囚禁在肉体里，
我不想逃跑并且不想被解救。

2016 年 4 月 27 日

喜　闻

我的笔落在纸上，如一只鸟落在树上
也许树叶微微颤动了。"吱喳"——
一声清亮的鸟鸣
地平线上闪现第一缕晨光
"吱喳，吱喳""吱喳，吱喳，吱喳"
无数声清亮的鸟鸣
金色乐章跳跃在蓝色海面上

我看不见任何一只鸟
我听不懂鸟的语言
召唤？示爱？誓约？
自问？祈祷？憧憬？
或许有新巢刚刚搭好了
或许有新雏破壳而出了
或许不涉及任何意义
我莫名欢欣，在欢欣中饱满地醒来

我的笔下有翁翁郁郁的森林
我的笔下有无休无止的波浪
我聆听着神的语言
似乎将要轻声歌唱
而不是被告知禁止出声

其实，很多时候，我什么话也不想说
譬如我在劳动，譬如我在思念
譬如我像逝者一样，拒绝任何谎言

2016 年 5 月 1 日

乐 见

琴桥下的桥洞里，天蒙蒙亮
有一个男人在教拉丁舞
一个女人跟着他学
他们每天都早早地待在一起

扭动，轻抚，俯仰，旋转
说不出的亲密，说不出的热烈
用身体表达出的爱慕之情
像用光表达出的春色

我快步走向他们
每天清早，他们都深深吸引我
我羡慕那个会跳舞的男人
我的双脚仿佛一直戴着镣铐

男人耐心地纠正女人的错误
他的头发灰白，他的皮鞋破旧
他那个忠实的学徒、伴侣
汗水弄花了脸上拙劣的妆容

但我相信他们彼此欣赏
他们拥有晨露的秘密

这激起我重返青春的热情
也让我否弃肉欲的想象

男人的目光一直对着女人
他有着旁若无人的骄傲
他们一直没有播放音乐
只是练习，没想过表演

他们那么安静
听不见桥面上传来的轰隆声
我经过他们，放轻脚步
好像经过一个梦

2016 年 6 月 1 日

河边慢跑

你在河边慢跑，我也在河边慢跑
黄昏降临，光线在收拢，身体在打开
直到把自己跑成一条黑暗中的河
静静流动，直到在时间之外
一艘艘船装走了笨重的货物
风景都在后退，潮水慢慢上涨
裸露出深藏于大地的愿望
你看不见我，我也看不见你
我们是两条河，遥不可及，从未相交
但我把你当作另外一个我，你和我
拥有不少相同的语言，不需要说出来
有时候我看不见自己，因为还不够
孤独。我努力不夸大已经看见的事物
也不夸大没有看见的事物
像一条河那样潜伏着、敞开着
在曲折中坚持，以悲哀为界限
你在跑动中偶尔停下米
一个陌生人，或者两个陌生人
看上去无比熟悉，虽然不是在等待你
但你此时又扩充了自己
我也常常获得并不存在于记忆中的能量
它们无关美丑，无关善恶

让我无法拒绝。仿佛我的前身

有另外的发源地。仿佛我在你的河边慢跑

仿佛我跑进了你的体内

河水拍打着岸，像一个胎儿踢了母亲一脚

探问外面明亮而不确定的世界

你在跑着，我也在跑着

在确证自己，也在更新自己

在日常中，也在想象中

在陪伴，也在分别

在家的附近，也在远离故土的第二空间

在这首诗的呼吸里

过去连接着未来，不间断地

像光线无处不在，无所禁忌

谦卑而高贵，完整而容易

理解了一切艰涩

柔软的步伐穿过收缩的漩涡

河水愈缓慢愈浑浊

没有情节，没有段落

没有诱惑，没有征服

而前方，让你我消失，像神使一样

不再起伏于流动的形式

而归于谜一般的荣耀

2016 年 6 月 2 日

苏州之一

那年我在苏州
在园中看雪
看出一千种白来
雪化了
不知何时
一千种白都变成了
空

今日在苏州
在园中一堵粉墙前
看出一千种白来
一道小门
通往后院
不知有多少人
曾过这道小门到后院
仰面
看月

这一个月亮
也是一千个月亮
每一个里面
都有一千种白

依然看不够
依然看不透

2016 年 6 月 12 日

苏州之二

到苏州时，暴雨如注
只到了新区，未去老城
来不及去园中
唱曲、听曲
一盏茶的工夫就离开
园子的格局也都变了
游园、听雨
须回到那时候才静心

回程也是暴雨如注
高速路上
有半阵子的阴沉
安全感如天上黑云
越来越低
天，不隐瞒什么
云来云散，雨急雨缓
天，也不暗示什么

但我忘不了
隔着雨幕
隔着车窗
你撩开刘海的样子

我的眼前一片开阔
再来苏州
不想什么往事
也不想什么新鲜事
只须寻个
晴日

2016 年 6 月 25 日

怀乡病

对于袁广村来说
黄石曾经遥不可及
武汉更是远方之远

现在，黄石和武汉
与袁广村一样
都是我的故乡

一个畏寒的人
需要多穿
几件衣裳

2016 年 7 月 1 日

钉钉子

下午我往墙上钉钉子
我想挂一张照片
那时候我年轻，却装得老成
也许钉子还不够硬
我不小心把钉子钉弯了
要调直它，几乎不可能
正如一个人有了执拗的过去
我从梯子上走下来
要拔掉这枚钉子吗
我意识到这是个伪问题
把照片挂到墙上去
就可以隐瞒这枚钉子弯曲的事实

2016 年 8 月 3 日

石浦岸边一根被弃的缆绳

它的蓝色没有褪尽。绵延依旧，只是
腐烂了。或者，腐烂之后才被大海遗弃
大海是一个战场，而陆地才能作为坟墓
在血和冷暴中，在深深的黑暗中，在绝对的敞开中
投入任何力量都无比冒险
潮水可以消解任何妄举，甚至让海上的人
来不及回头，让岸上的人不及追悼，仿佛可怕的劫难
没有发生过
它见证了渔船在海与岸之间奔波
人们在海上因恐惧而酗酒，在岸上因恐惧而豪赌
它曾以自我搏斗的方式
拧紧自己。它曾以抓住稍纵即逝的事物为使命
在使命与生命之间，它相信了命运。它已经无情。
不再束缚自己，它不必挣脱那一双双
失去音讯的手
它几乎实践了断、舍、离
却把我拖进了恐惧的人海
它其实没有否定生死之间的联系

2016 年 8 月 8 日

黄河颂

黄河可以很宽，黄河可以很窄
窄到几乎断流，宽到泛滥成灾
像一个人对另一个人的爱
在两个时代
一个是饥馑的时代，一个是过剩的时代

2016 年 8 月 12 日

周 柏

有人想回到过去，有人却警惕着死之将至
有人想虚度时光，有人却闲不下来
此刻如深渊，人皆消极
眼前这株周柏，确定有三千岁
我相信它最为消极
它一直活下来，是因为生长量极小
它已删繁就简，闭关自守
忘身于时间之外

在它出生的年代
各路军队不停征战
各路神灵均被供祭
每逢节日，诸王祈求永命和善终
狂欢的宴席通宵达旦
发亮的酒器上刻着饕餮之首，大口如深渊
肉食者以饕餮为图腾
毫无耐心，末日来临般惊惶

2016 年 8 月 28 日

清　晨

早班火车缓缓进站
蚂蚁悄悄出门觅食
归途总有陌生的旅伴
大地总有更小的缝隙
在屋顶上翻飞的鸽群队形完整
而昨夜的梦情节纷乱
如落叶回不到枝头
刚洒过水的马路没有一颗扬尘
我们以戴罪之身，低头拂衣
相约送别一个年轻人
秋空中没有一缕白云
祈愿他得到另一个清晨的迎接
祈愿他不记得尘世的人情

2016 年 9 月 4 日

夜游雁荡山

如果秋天再深一点，雁荡山的色彩更加缤纷
尤其是从卧佛峰头俯瞰，那些草木的自我燃烧
和自我否弃。而在天光暝了时，在黑白分明时
细节便如智慧一般暗中存在
抬望眼，山峰与山峰的无言对白在剪影中
省略了习习余风或滚滚林涛
不塑造人形，不化身鸟兽，亦不虚拟神迹
在静寂中想象失去了边界
正如世事难以归因于某一个具象
而在白天，移步换景
不过是幻觉更多
而在亿万年前，天地洪炉熔解了一切秩序
那些巨石的自我燃烧和自我否弃
交换了生死的秘密
而在迢迢星际，在孤独的光亮之间
乃至在不可知的苍穹之上，在时间的起源之前
必定有许多的浪漫
发生了不惜代价的孕育
而在此时，我把超越肉体的爱
假借在视线之外
把疼痛隐藏在岩壁的皱褶里
假如秋天更深一些

雁群将飞过这里，沿着古老的路线
假如它们是聪明警戒的信使
假如又有新雁第一次远行

2016 年 9 月 10 日

一个接受安检的人

他把一根拐杖和一只布包
放进 X 光机
他双脚健全，举止自若
有着和所有人同样的体面和尊严
拐杖擦拭得不染尘埃
或许，他就是那个回家途中的丈夫
那个厨房里煲汤、餐桌边分汤的人
那个秋后看落日的人
那个把话埋在心底的人
或许，他不是那个
刚才蜷缩在地铁入口
露出一只空裤管的行乞者
那个降低自己的人
那个欺骗自己的人
或许，他在双重生活里都没有不安
他没有威胁到别人
他只是在人与人的利用关系中
偷生

2016 年 9 月 24 日

一日庆幸

我庆幸过去的一天

无意义的一天

台风来临之前，天空异常明亮

广场上多了组团式的鲜花盆景

燃烧着强盛时代的兴奋

街道突然像清空了一样

庆祝者们逃离城市

拥堵奇观比自然风景更抢眼

我在婚宴上听到一则古老的笑话

味道亦邪亦正

相比之下，酒后甜点却略嫌庸俗

如果不挑剔，客人们就不必过分严肃

在暧昧的笑声中，参与仪式感的生成

我庆幸毫无意外的这一天

似乎总在梦游的这一天

没有一刻犹豫、一刻悔恨的这一天

我在空荡荡的末班公交车上

清醒得有些无聊

沿途没有人上下车

每一站，司机照例开门、关门

他的举动，也许极有意义

2016 年 10 月 3 日

每日庆幸

青椒、黄椒、红椒
紫茄、茭白、胡萝卜
新鲜欲滴，活泼泼地
有着阳光、雨水和泥土的味道
而我们身上
却有那么多腐烂的味道

每日唯一可以庆幸的
是在厨房里
获得人间烟火的拯救
从这些美丽的蔬果中
采集到光明
照亮空虚而黑暗的胃

2010 年 10 月 9 日

生产线上的纸偶

机械手剪切出毛茸茸的纸偶
没有脂肪的肉身
纯洁的小白鼠
甚至没有气血，卸去了
力量和负重
一个个孤单的幼崽
跳进透明的塑料盒
被密封，像置身无菌实验室
或者，是一个个孤单的词
没有语境，没有声音，启示了无意义
它们拒绝爱抚、揉捏，拒绝碰触、移动
也拒绝生长、腐烂
像蜉蝣之羽，密集的光束，从生产线上
离开
像中断了时光的链条
这些幽灵，刚出生就进入长眠
像一个老人记忆中的童话
难以复活，又未必死去
它们将是一些人眼睛的宠物
另一些人舌头的看守
或者书架上茕茕而立的牧师（或犬儒？）
它们吸纳了知识的黑暗

挽救了一家停产的报纸印刷厂
它们替换了谎言
作为廉价的礼物
它们的使命是克隆出足够多的同伴
让人类注意到它们发呆的样子
并从发呆中获得安慰

2016 年 10 月 24 日

若有所悟

大吴风草开着淡黄色的花
斑缘豆粉蝶收了淡黄色的翅膀
毛茸茸的花
毛茸茸的翅膀
安静的一刻
生动的一刻
我不以为蝶翅是对折的
我不以为花语是对偶的
我不以为花与蝶是在互相梦见
我不以为花化蝶，或者蝶化花
我不以为梦是假的
我不以为醒是真的
一阵风吹过
斑缘豆粉蝶飞走了
大吴风草微微颔首
若有所悟的样子

2016 年 11 月 6 日，题张海华兄所摄照片

你为什么喝醉酒

我问过很多人
"你为什么喝醉酒？"
我相信不同的回答都是一本正经的
"为了好好睡一觉"
"为了大哭一场"
"想把别人喝醉，却把自己喝醉了"
"为了放大瞳孔"
"为了装假"
"不为了什么，和任何人无关"
一个刚下手术台的心脏外科医生
和一个准备出海的老渔夫
答案一致：
"因为恐惧！"

2016 年 11 月 18 日

欢迎使用高德导航

夜色忽视了天主堂，也忽视了巡捕房
老外滩的殖民色彩被装饰为灯红酒绿
旧时光掉入天幕，如井底的月亮
甬江在枯水期，有些口吃
不甘沉默，却找不到合适的词
沙龙的清谈很快充满敌意
未拉高知识标准，却拉高了道德标准
有人慨叹太早读到了毛姆
有人慨叹太晚理解了高更
还有人慨叹毛姆只是想和自己掐架
他不理解高更就像不理解自己
"你不是天才怎么能够谈论天才呢"
一切故作深沉的表达，不如轻轻一句嘲讽
打破尴尬的是一个没有读过毛姆的人
她站起来高声自言自语，并为自己鼓掌
于是大家都若释重负
笑声和掌声营造了一个真实的熟人社会
唉！把一枚六便士抛向月亮？
痴人说梦罢了
更不可能的是，谁会从月亮上弯下腰来
拾起地缝里的一枚六便士
只有我在想把月亮和六便士都塞进口袋里

"欢迎使用高德导航"
手机的声音如期而至
在六便士和月亮之间
仿佛真有一条道路可以往返
相比而言
毛姆一生浪荡远游，临死仍不知所终

2016 年 11 月 30 日

冬至夜的寒风

冬至夜我走在天童北路上
我的前面走着两个女郎
一路上说说笑笑
笑声又响又亮
充满了寒冷者对温暖的全部信仰
我紧跟她们走着
她们拖着笨重的行李箱
还提着一只鸿运扇
打扮有些风尘模样
行李箱吃力地咕哝
鸿运扇被寒风转动
她们看不见背后有我可怜的目光
也许她们和我来自同一个故乡
她们的笑声那么响亮
仿佛没有任何羞耻值得隐藏

2016 年 12 月 22 日

陪妻子看病

医学影像部的预约窗口前
挤满了等不及的脸
生命似乎马上要失去秘密
医生惜字如金
内窥镜和 CT 机的高分辨率造影
布满了物质的疑云。诊断结果
出来前，我俩走出门诊大楼

身体涣散而轻飘
小寒未至，梅花提前开了
"来一场严寒，病毒就不会这么活跃"
有一句没一句地闲谈
晚年去一个小得不能再小的地方？
那里有清寂的尘世生活，不必想起
往事千端，不必进行自我攻击
那里可以种下两棵耐寒的树

疼痛提醒着现实的无可回避
疼痛蔓延着，如同野蛮没有界限
缩回内心其实无济于事
不过，内心应该有一处净土
仅可以容纳两个人

而我俩至今还在交错而过

小公园里的这一刻空闲
把所有营役的平日排除在外
仿佛我俩躲避不了对方
也对栖身于对方的另一个自我
感到紧张
浮现在病容上的
是谨顺其身的省悟
那不是对疼痛的反抗，不是对残忍的轻蔑

哦！初次遇见时，你冲出身体的
火光，曾不计后果地燃烧着
现在它柔弱地摇曳
无比清醒，仿佛已经抛弃了很多东西

2017 年 1 月 3 日

除夕夜

沐浴，剃须，更衣
在锈蚀的镜前
我的是非之心
模糊难辨

十四岁的女儿，独上露台
举目长天
她没有看见一颗星星
潸然泪下

时岁更替
无数人团聚，狂欢，庆幸
烟花弥漫中
却未领受天道的安慰

何以打开门户
不厌外物
何以看见光景生动如新
何以看见屋内明亮无尘

2017 年 1 月 31 日

花开半树

在月湖边，一树树白玉兰都开花了
有一树很特别
它有半边开花
另外半边，枝条光秃秃的
像一个半边手脚失灵的人
但是，每一朵花都开得很完整
明年，我还要来看它开花
看它在寂静的春天
无邪的样子

2017 年 2 月 26 日

飞来峰罗汉

一块石头的疼痛
从它被凿时开始
继而，它成为一具罗汉
它的疼痛便不再显现
其实，它只有保持疼痛
才能保持醒觉

它的面容越来越模糊
或者说，越来越简化
几百年的风雨
洗刷了一块近乎绝望的石头
直至把它洗刷得
像一滴泪水那样圆满
像一滴泪水那样残缺

不知道罗汉
是要深藏于石头
还是要表露于泪水
它外在的平静可望而难即
确定了此处为圣地

它的罪感从未消失
正如它的疼痛从未停止

2017 年 3 月 5 日

雷响潭

惊蛰过后，雷响潭
更像一个宣讲者
春涧自绝顶
轰隆而下
至此
落差
恰恰安定了一颗落空的灵魂
潭水幽潜不语
在自身的充盈中挽留了落花与碎玉

当然，潭水并未终结旅途
涧流指引着下山的路
耳朵里余响不绝的某人
还在搜索诗句
不料脚下踏空
同行者提醒他回头
石壁上书丹：仙人失足处

2017 年 3 月 10 日

龙井问茶

村南村北炒茶
茶香透着乳香
下过微雨的清早
杯水见眸子

随村民去采摘
腰酸令人伤老
一枪一戟的绿芽
威武如少年

以人比茶俗气
无奈茶不离人
炒茶虽是老手好
烹茶宜童子

2017 年 4 月 21 日

犹记酱油炒饭

子夜，把衣服脱光
站着，称一称斤两
肉体松弛下来，不再被语言煽动
消解了咫尺长离别的余绪
直到失去饥饿感
像一根被废弃的烟囱

当年，它逸出了胜过肉香的气味
黑酱油不停翻炒着白米饭
残剩的汁液透出新鲜的光亮
那熟了又熟的色，那空瘪后的饱胀
那旧情复燃的哭，那祭鬼如鬼在的复活
那来不及咀嚼更来不及回味的吞咽

油漆已从烟囱上脱落
锈迹散发出假牙的气息
一丝一丝抽走温良的
是夜风。一所封闭的房子
有一根烟囱梦幻地伸向天空
像坟头刚刚长出一棵桑树

2017 年 6 月 27 日，试作宋子刚兄所命之题

梨洲先生墓前

日暮时分，蝉鸣仍不止息
行数百步便到了你的墓前
无需再登高了
此处乃你亲自选定
四邻皆坟茔，脚下是人家
生身与死身都无需理由隐蔽

几人临终无憾，称可死矣
你回顾一生，"无善状亦无恶状"
阳明先生也说过，"无善无恶心之本"
做到无善无恶
应该是视死如归，不喜不惧了
"锋镝牢囚取次过"
你又何曾惧过死

唯独历史不可以死
而且历史依然在场
你的思想依然未完成使命
在肃穆的山气中
仰天遥望

落日狂涛，晚霞烈火
依然悲壮

2017 年 7 月 17 日

致和靖先生

孤山上游人行色匆匆
说要图个清静
结果添堵
谁有孤傲之心呢
要不欠了情债
梦里不知几回催
要不破事缠身
做不了也放不落
逃个片刻便惶惶无路
哪能像你
二十年隐身不出
孑然一身
安于一隅

岂是一隅？岂是一身？
这方天地真不小
幽僻之处有人行
梅开不掩扉
客来放鹤飞
高吟素谈
岚轻槭翠
朝朝暮暮随流水

焉有声色醉
故时不可追

朋友交亲，难得始终
梅妻鹤子，千年不负
难追故时
何妨寄托身后
鹤唳西归
并非与世离绝
墓前花开，又是佳期
月下影斜，来绕百匝
深情如此不休
怎道汝心孤傲呢

栽梅、养鹤，处处皆可
人间的消息
只需听得见寂寥
一叶尚可知秋
何况这漫山遍野
多少呢喃轻语
在等待着白雪寒霜

与鹤书

我一步一步走下海湾
从夕光走向月色
披影为衣，无声无息
柔浪轻轻拍打
为神嚎鬼哭过后的崖岸催眠

你一路暗中伴我
有时高飞，有时尾随
以为我藏起了羽翰
以为天使误堕浊世

在弃舟上，你延颈而立
在地之角，你翘首而望
你守护着我
守护着一个遗民的渺茫生机
守护着一个长夜的隔岁之梦

我不愿被梦囚禁
我只是来此招魂
看我也化身为鹤，与你比翼
让亡灵骑鹤游天，与生灵共舞

2017 年 7 月 21 日

青海书

1

在恰卜恰，我看见一群羊
转场。夏季要结束了
在牧羊人眼里，风雪总会提前到来
而每一头羊已作好了标记

在山口，我看见一群牧羊人
转敖包。一个家族难得团聚
他们穿上了最美的衣裳
祈祷祖先的灵魂栖息之地水草丰茂

在贵德，我看见黄河
转弯。它清澈充盈如童年。出了松巴峡
就开始泥沙俱下
开始泛滥或枯涸，开始咆哮或呜咽

在青海，我看见自己的转蓬身
暂且抽身于人群外
"人情日凉薄，至德竟荒丘"

我走向人迹罕至的戈壁、沙漠和雪山

2

我不是那个遗忘者，在遗忘中
幻想亘古和鸿蒙
我不是那个背叛者，在背叛中
退回只影和尽头
我不是那个行吟者，在行吟中
寻找亏欠和失落

我是那个被审判者，那个辩护者
我也是那个审判者，那个驳斥者
问与答，是一粒盐结晶的过程
是一滴泪蓄住的过程

茶卡湖把灾难转变为风景
正如高原的前世是海洋
海水还留在这里，秘密从未消失
无穷无尽的盐，浓缩了亿万年
从低处到高处
从狂涛到潜流

我看见苦涩与纯净同为一体
我看见盐湖与雪山光芒无异
那未曾加工的语言

那无需问答的坦白
在阳光下，让眼睛成为前世的海洋

3

在一望无际的荒凉中
空气越发稀薄，大地近乎裸露
骆驼草、芨芨草、罗布麻、胡杨林……
幸亏这些植被，遮掩着大地的秘密
幸亏这些爱的根须，抱紧了脆弱的泥土

那么，死亡就是秘密的流失吗
死者带不走自己的秘密
一个人的死亡，不是肉身的一次性消灭
而是被他人的记忆一点点清除
如果一个人的秘密还活着
它在大地之下一定会生长根须

4

一个诗人的爱情诗，像墓志铭一样
被刻在冰冷的石碑上
他准备了死亡，就像准备了一次远行
"远方之远，野花一片"

远行是一次复活吗？是一次逃离吗？

陌生的事物打开另一个世界
那个世界不是对尘世的复制
那个世界有着尘世够不着的虚幻

远行并没有带走秘密
秘密里有邪恶也有美好
一种野花，也是一味草药
芬芳里的毒性，黄灿灿地迷人

他最终把身体贴紧大地
他最终把翅膀插上车轮
依然贫瘠的大地上
那么多野花还没有名字
那么多爱恋还没有说出

5

道路延伸向无人区
修路者以戴罪之身存活
在没有围墙的荒原，一条天堑
如一条铁打锁链，如一个严密组织

修路者活成一个一个异己者
活成一个一个囚徒
我追随他们的秘密在走
高海拔的冻土层之下

曾有一个顽强的底层社会
我追随弱者的残暴在走
人性的光芒之上
曾有一条死路隐隐约约

他们不选择死路
死路无法回头
以自身为道路
他们渐行渐远
他们还没有准备好抵达自身的
那一刻

6

在沙漠公路沿线
胡杨开辟了胡杨的道路
自远古孑遗至今
胡杨在生死之间挣扎出千姿百态

沙漠的美也丝毫不单调
每一个沙丘都是不同的胴体
然而，胡杨林和沙丘守着漫长的边界
如同自由的诱惑守着无形禁忌
如同苦难的诱惑从来都不是具体的

用确定去理解不确定

用死去理解生
用痛去理解爱
我在归途
反问出发点

7

在亲人的视线之外
才能理解倒淌河
回不去比走不远更为困顿
选择了一条道路
就是选择了一个使命

在经书的文字之外
才能理解日月山
最远的道路是灵与肉的距离
最精深的奥义
是杀死无数个假想敌
杀死无数个自己

看见这片净土
不能忽视不绝的历史烽烟
看见这片蓝天
不能忘记燃烧过的血与火
此岸即彼岸
无情处有情

再看一眼，再看一眼青海湖
它抚平了多少疼痛的目光
它截止了多少软弱的泪水
它早已把自己的疼痛
千回百转地
压在不息的波浪之下
它早已把蓝天的思念
鲜明透亮地
化为一颗坚硬的宝石

8

昆仑山上
诸神往来
没有常态
超越肉身
没有战争
超越理性
没有生死
超越时间

诸神在临渊的裸崖上
诸神在暗夜的星河中
诸神现身之际
昆仑山寂然如故

仿佛所有的善恶都未发生
仿佛诸神只是过客
仿佛诸神与山同体

9

在血液里游牧
在身体里流亡
在无常里跌宕
在假相里迁徙

终年积雪的唐古拉
像白首老人守着诫命
河流密布的三江源
像敏感处女易受伤害

秃鹫叼走尸块
鸟鼠同居地穴
肉身在坍塌中失忆
秘密消亡，何物可葬

谁给我们指示道路
谁给我们让出道路
道路在无人之境吗
道路在无我之境吗

在肮脏与圣洁之间
在生与死之间
在看不见尽头的青海
我看见被掩埋的道路
在天上，在地下，在天与地之间

2017 年 8 月—9 月，青海—宁波

致一部历史小说的作者

对于一个在历史中漂泊的人来说
不是在历史中寻找归宿，也不是
在现实中无处可呆，不是把历史
作为一个现实问题，也不是反问
现实是否与历史脱节。这么说吧
左手当了右手的换命天子，左手
就成了右手的魔镜，左手的禁忌
也是右手的背负。左手填补右手
的空白，现实也填补历史的空白
一个人在历史中漂泊，需要虚构
一些事实来替代真实的谬误，而
不是维持一段现实中的虚假关系
一个人从生到死，不知道要打碎
自己多少次，那重新组合起来的
模样，仿佛是从死到生，仿佛是
历史活过来了。一个人在现实中
离开想象力也活不了。左手想象
右手，或者右手想象左手，虽然
不能把对手从困境之中解放出来
但是，也从不会回避对手的存在
一个人不是故我的囚牢，也不是
今我的释放地；一个人回到故我

已不可能，左右手互搏已不可能
一个人要自新，却总是犹犹豫豫
就像我现在，左右手在互相推让
先手，我最终会出错手，一而再
分不清历史和现实，分不清宿命
和能耐。我突然觉得自己很可耻
有那么多别人的记忆，只有那么
少的秘密，那么少的放弃，那么
少的不可能，在倒计时的生活中
错失反抗机会，两手都那么无力

2017 年 9 月 11 日

致衣帽间里的那人

衣帽间里藏着一个不愿意长大的你
也藏着一个未老先衰的你
你在跟自己捉迷藏
在发现自己的那一刻，一半是玩笑
一半是沮丧，你只是假装找回自己
假装发现了衣帽间的心理轨迹
你只是假装憎恶一个善变的他者
假装看不见自己在不同时刻的差异
任何一件衣服，都可能反复
赋予身体以意义，让这具身体一再鼓起勇气
拉开橱门，小心地走在陈旧的脚印里
但是，身体更迷恋观看一件件衣服
在衣帽间里厮磨
像演木偶戏一样天真
每一件衣服创造出新奇的同伴，也创造出
一个有着许多异名的自己
你像上帝一样，可以挑选自己的角色
但你忍受不住世界的陌生感
只有上帝从来不思考
也许上帝就在你的衣帽间里
他是一件你穿旧了还没有扔掉的衣服
他是一件你新买来还舍不得穿的衣服

他是一件你不得不穿的工作制服
他可以是任何一件衣服
你在衣帽间里藏着
上帝早已发现了你
他也想你发现他
那是多么美好的游戏
当你赤裸着，鼓起勇气，钻进他的化身

2017 年 12 月 30 日

图书在版编目（ＣＩＰ）数据

以问作答 / 袁志坚著. -- 武汉：长江文艺出版社，
2018.11
ISBN 978-7-5702-0590-5

Ⅰ. ①以… Ⅱ. ①袁… Ⅲ. ①诗集－中国—当代
Ⅳ. ①I227

中国版本图书馆 CIP 数据核字(2018)第 200339 号

责任编辑：谈 骁　胡 璇　　　　责任校对：陈 琪
封面设计：江逸思　　　　　　　责任印制：邱 莉　王光兴

出版：　长江出版传媒　　长江文艺出版社

地址：武汉市雄楚大街 268 号　　邮编：430070
发行：长江文艺出版社
电话：027—87679360
http://www.cjlap.com
印刷：武汉市福成启铭彩色包装印刷有限公司

开本：880 毫米×1230 毫米　　1/32　　印张：6.375　插页：2 页
版次：2018 年 11 月第 1 版　　　　2018 年 11 月第 1 次印刷
行数：4120 行

定价：36.00 元